De priester

Connie Palmen

De priester

FOR BOOKS

Connie Palmen: De priester

Maartensdijk: B for Books b.v.
isbn: 9789085161585

Druk: Ten Brink, Meppel
Redactie: Margot Engelen
Auteursfoto: Annaleen Louwes

Copyright © 2010 Connie Palmen /
Uitgeverij B for Books b.v.
Tolakkerweg 157
3738 jl Maartensdijk
www.b4books.nl
www.schrijversportaal.nl

Niets uit deze uitgave mag worden verveelvoudigd en/ of openbaar gemaakt, door middel van druk, fotokopie, microfilm of op welke andere wijze ook, zonder voorafgaande schriftelijke toestemming van de uitgever.

De Literaire Juweeltjes Reeks

'Ontlezing' – het onheilspellende o-woord waar heel boekenminnend Nederland overstuur van raakt. Om mensen en vooral jonge mensen op een prettige manier duidelijk te maken dat het lezen van literatuur heel aangenaam kan zijn en tegelijkertijd onze kijk op de wereld een beetje kan veranderen is een nieuwe reeks opgezet, de Literaire Juweeltjes Reeks.

Elke maand verschijnt een nieuw Literair Juweeltje, een goed toegankelijke tekst van een bekende schrijver in een mooi vormgegeven boekje. In elk deeltje staan telkens kortingsbonnen waarmee voor minder geld meer werk van de schrijvers kan worden gekocht in de boekhandel.

Zo proberen we van niet-lezers lezers te maken, en van weinig-lezers hopelijk graag-lezers. Dat kan lukken dankzij de welwillende medewerking van de schrijvers, hun uitgevers, fotografen, de drukker, vormgever en Bruna BV.

Zelden was mooi lezen zo goedkoop. Laat je niet ontlezen. Of, zoals men 50 jaar geleden adverteerde: 'Wacht niet tot gij een been gebroken hebt, om een reden tot lezen te hebben.'

Uitgeverij B for Books, Maartensdijk

Kortingsbon t.w.v. € 2,50

Koop nu nóg een boek van Connie Palmen
met deze kortingsbon!!

Connie Palmen

Lucifer

Uitgeverij Prometheus

Van € 12,50 voor € 10,00

Geldig van 1 januari 2010 tot 1 april 2010

ISBN: 9789044612790

Actienummer: 901-70126

Deze kortingsbon kan worden ingewisseld bij elke boekhandel in Nederland.

bruna

De priester

Het is een zondagmiddag in maart 1983 wanneer ik aanbel bij Clemens Brandt. De map met papieren druk ik hard tegen mijn flanken. Het is te laat om nog een variant te bedenken op de afgezaagde begroetingszin die ik voor mijzelf blijf repeteren. Ik kan moeilijk tegen hem zeggen dat de wereld op een elegante manier voor mij klopt, omdat het vandaag een zondag is en hij een priester en zij bij elkaar horen, dat ik, nu ik hier eenmaal beland ben, geen andere dag had kunnen bedenken om hem te ontmoeten.

Nadat ik de belknop ingedrukt heb, veeg ik mijn rechterhand af aan mijn rok en probeer die zo lang mogelijk droog te houden.

Brandt is beroemd. Dat hij ook nog ooit tot priester is gewijd, ontdekte ik pas toen ik eenmaal een afspraak met hem gemaakt had en het enige boek dat ik nog niet van hem las, haastig bij de bibliotheek leende. Het was zijn eerste boek, de publicatie van zijn proefschrift. In zijn latere boeken werd in de biografie nooit gewag gemaakt van een priesterschap.

Schrijver en priester kon ik niet combineren. Een priester was ik in geen jaren tegengekomen, het beeld dat ik ervan had was eenzaam ingekleurd door de pastoor uit mijn geboortedorp.

Priesters hebben een roeping, een huishoudster en wasbleke handen. 's Ochtends preken ze in de kerk, ze dopen, huwen, horen de biecht en komen alleen bij de mensen thuis als deze kinderen moeten krijgen of aan het sterven zijn. Meestal zwijgen ze. Ze lezen en bidden. Ze lezen altijd hetzelfde boek en kennen dat op den duur helemaal van buiten. Ze zijn anders dan onze vaders. Het zijn geen normale mannen.

Een gesprek voeren met een auteur was eng, maar niet onmogelijk. Een gesprek voeren met een priester was onmogelijk. Wat was Clemens Brandt? Je kunt niet schrijver en priester tegelijk zijn, het een is in zekere zin een afwijking van het ander. Clemens Brandt was of een abnormale priester, of een abnormale schrijver.

De deur is groot en zwaar in verhouding tot de man die haar opent. Hij is klein, dik en heeft een allesoverheersend groot hoofd, met hangwangen, onderkinnen en een uitpuilende, puntige schedel, waarop te lang haar in vettige slierten vastgeplakt ligt. De bril op zijn neus heeft een zwaar montuur en de glazen zijn dof van het vuil.

Het is de lelijkste man die ik ooit gezien heb.

Met een onverwacht sonore stem nodigt hij me uit binnen te komen. Het is niet zo dat lelijke mannen geen mooie stemmen mogen hebben, dat is het niet, het is alleen een andere wanverhouding die daardoor aan het licht komt, een kloof tussen zijn ogen en dit stemgeluid, deze zachte, tedere, diepe klanken. Want zo zijn die ogen niet.

Als ik hem een hand geef en mijn zin opdreun, sluipt er een acute verveling in zijn blik, een onverhulde weerzin tegen begroetingszinnen die hij misschien al honderden keren heeft moeten aanhoren. Ik schrik ervan. Hij deed geen enkele moeite zijn wrevel te verbergen en te veinzen dat hij voor het eerst iemand haar bewondering en respect hoorde uitspreken.

Ik vervloekte mijn manieren en het gebrek aan durf en besloot een radicaal andere koers te varen. Met al die nederigheid kom je nooit een stap verder.

Hij neemt mijn jas aan en draait zijn rug naar mij toe om hem aan de kapstok te hangen. Dan zie ik onverwachts een schaduw op een plek waar geen schaduw hoort te zitten, ergens tussen zijn schouderbladen. Het is een bochel.

Hij opent een van de deuren die op de gang uitkomen, vraagt mij vast naar binnen te gaan en plaats te nemen, terwijl hij intussen koffie zal zetten.

In de zitkamer overvalt me een zijig gevoel van mededogen, dat zich vasthecht in mijn keel en voorlopig niet verdwijnt. Er ligt een kleed van open kantwerk op een ronde tafel. Ik geloof dat het hem daarin zit.

Het binnenvallende licht wordt gedempt door dichtgeweven vitrages van een grove stof. Er heerst een onbeschrijfelijke orde, die zich ook voortzet in de zware, eikenhouten boekenkasten tegen de wand. De boekenkast maakt me niet nieuwsgierig, maar omdat ik aarzel of ik aan de tafel moet gaan zitten of op een van de haaks op elkaar staande zitbanken in de andere hoek van de kamer, ga ik er toch pal voor staan. Er valt niets aan af te lezen. Clemens Brandt heeft de verzamelde werken van zowat iedereen, Aristoteles, Augustinus, Hume, Hobbes, Hegel, Plato, alles.

Op de gang klinkt het gerinkel van serviesgoed. Ik kantel mijn hoofd een slag en doe alsof ik bezig ben met het lezen van de titels op de banden. Ik neem me voor geen enkele opmerking te maken over zijn boekenbezit.

Clemens Brandt komt binnen met een dienblad en loopt voorzichtig naar de lage salontafel, die bij de banken staat. Daarop ligt, behalve een stapel nieuwe, zo te zien nog ongelezen boeken, ook de grote bruine enveloppe met mijn handschrift erop.

Guido zei dat ik een betere leermeester verdiende, dat hij mij als reddeloze hegeliaan en verstokte negentiende-eeuwer niet meer verder kon helpen.

'Jij bent hopeloos verliefd op de twintigste eeuw,' zei hij en gaf me het adres van Clemens Brandt. Hij raadde me aan mijn kandidaatsscriptie naar hem op te sturen. Ik kon niet geloven dat hij die naam uitsprak, werkelijk 'Clemens Brandt' zei.

'Dé Clemens Brandt bedoel je?' vroeg ik en die bedoelde hij.

'Ik heb niets opgeschreven wat Clemens Brandt niet zelf al in andere bewoordingen heeft opgeschreven of op had kunnen schrijven,' zei ik tegen Guido. 'Hij wordt op iedere vijfde pagina van mijn stuk aangehaald en als ik zelf al ideeën heb, zijn het uitwerkingen van wat hij heeft laten liggen.'

'Daar gaat het juist om,' zei Guido. 'Omdat je Brandt als schrijver bewondert dicht je hem een oorspronkelijkheid toe die je zelf niet bezit. Maar ook zijn boeken zijn weer uitwerkingen van wat een andere schrijver heeft laten liggen.'

Binnen veertien dagen ontving ik een antwoord.

Groningen, 25 maart 1983

Beste Mej. M. Deniet,

Hartelijk dank voor uw vriendelijke brief en uw scriptie. Ik heb uw verhaal kritisch en met belangstelling gelezen. Ik meen zonder meer te mogen zeggen dat deze scriptie voldoende basis biedt voor een doctoraalscriptie en zelfs voor een eventuele publicatie in ons tijdschrift. Wel zou ik graag over verschillende punten met u wat van gedachten willen wisselen. Schriftelijk lijkt mij dat erg tijdrovend te zijn, maar ik zou u graag eens willen ontmoeten om dan mondeling over die verschillende punten wat te discussiëren. Mocht u ooit in de gelegenheid zijn om naar het Noorden te komen dan bent u van harte welkom. Een telefonische afspraak is wel gewenst.

Eén punt zou ik nog graag willen vermelden. De verhouding tussen filosofie en literatuur interesseert mij sinds vele jaren op een bijzondere wijze. Voor mij is het niet duidelijk in uw scriptie, en misschien ook niet bij Foucault, wat het verschil is tussen een tekst als zodanig en wat men noemt een literaire tekst. Met andere woorden: wat maakt literatuur tot literatuur?

Met vriendelijke groeten,
Prof. C. Brandt

Van de spanning, nervositeit en opwinding die ik na het lezen van de brief had, was nu niets meer over. Ik zat tegenover Clemens Brandt op de bank, tussen de vier muren van zijn huiskamer, en het leek mij de normaalste zaak van de wereld. Het scheen mij toe dat er niets kon gebeuren waar ik niet op bedacht was, want

Brandt was geen vreemd wezen, geen lid van een geheim genootschap waar ik geen toegang tot had, geen deelnemer aan een spel waarvan ik de regels niet doorzag. Brandt was een aardse, normale man, mismaakt weliswaar, maar verder een man zoals ik er meerdere kende. Hij keek naar vrouwen op een vrij brutale manier. Hij keek naar mijn mond, toen ik sprak en hij keek naar mijn knieën, toen ik tegenover hem zat. Niks aan de hand. Alles wat me ongerijmd en uitzonderlijk aan hem had geleken voordat ik hem ontmoette, zou verklaard moeten worden uit iets dat ik uit zijn boeken, noch uit zijn biografie op had kunnen maken: zijn mismaaktheid. De onverwachte onbeschaamdheid waarmee hij in de gang zijn verveling prijsgaf en de zinnelijke manier waarop hij me nu bekeek, zonder een poging te ondernemen de richting van zijn blikken voor mij te verbergen, waren hoogstens raadselachtig in combinatie met zijn lelijkheid, maar voor de rest verwachtte ik van die zondag geen onvoorziene wendingen.

Ik heb mij wel vaker op iets verkeken.

Hij schonk koffie uit een pot met een bloemetjesmotief, in van die breekbare Engelse koppen. Hij deed dat heel voorzichtig en geconcentreerd. Op een kristallen schaaltje lagen bokkepootjes. Nadat hij onze koppen had volgeschonken nam hij, zonder mij de schaal te presenteren, zelf als eerste een koekje, beet er gretig in en leunde, met de kop in zijn hand, achterover in de bank. Er zaten kruimels rond zijn nog volle mond, toen hij een slok koffie naar binnen slurpte. Hij keek mij daarbij aan. Ik lachte.

'Waarom lacht u?' vroeg hij.

'Omdat u slurpt en smakt,' zei ik en ik wist wat ik deed.

Gedurende een seconde van verstening staarde hij me aan, zijn ogen groot van verbazing. Daarna lachte hij. Hij lachte een rij grote, sterke, bruingele tanden bloot, waar de resten van chocolade tussen te zien waren.

'U hebt een goed stuk geschreven, mejuffrouw Deniet,' zei hij. 'Nadat ik het gelezen had dacht ik er nog vaker aan terug. U had uw naam nergens voluit geschreven en dan dacht ik steeds aan het stuk van mejuffrouw Em. Ik hoorde daarnet dat u dezelfde naam heeft als mijn moeder en eerlijk gezegd vermoedde ik dat al. Als u er verder geen bezwaar tegen heeft hou ik het op Em.'

Daar had ik geen bezwaar tegen, daar was ik aan gewend. Dat vertelde ik hem.

'Ik ken het goed,' zei hij. 'Psychologisch gezien is het een vreemd iets, een naamsverandering. Ik ben gedoopt als Petrus Hendrikus en werd thuis Piet genoemd. Als augustijner heb ik ten slotte de naam Clemens aangenomen. Ik had zelf voor Gabriël geopteerd, maar die naam was al vergeven.'

Tijdens het spreken kwam er steeds wat speeksel op zijn lippen, dat hij vervolgens weer naar binnen zoog. Daardoor zag hij er heel kinderlijk uit, als een zuigeling. Vreemd genoeg kon ik mij hem toch niet als kind voorstellen, maar te bedenken dat hij ooit een jongen was geweest die naar Piet of Pietje geluisterd had, ontroerde me.

Ik vroeg hem of hij nog steeds priester was.

'Een afvallige,' zei hij.

'Jammer,' zei ik. 'Met uw stem zou u zelfs een doorgewinterde atheïst van zijn geloof afbrengen.'

Hij lachte luid, met een opengesperde mond. Hij keek me dankbaar aan.

'Het is echt een goed stuk, mejuffrouw Em. Ik moet u bekennen dat de stijl me weliswaar nieuwsgierig maakte naar de schrijfster, maar dat ik toch niet veel fiducie had in deze ontmoeting. Het stuk is verlokkelijk geschreven, maar ook zeer degelijk. Daarom had ik niet iemand als u verwacht, meer een serieuze, wat stijve en zeker een wat oudere studente. Want hoe oud bent u helemaal?'

'Zevenentwintig en zeer serieus,' antwoordde ik met tegenzin, want ik had liever dat hij doorging met praten, inging op de inhoud van mijn scriptie en mij uiteindelijk de vraag zou stellen die hij me in de brief voorgelegd had.

Vanaf het moment dat ik de vraag onder ogen kreeg, heb ik erover nagedacht. Met Clemens Brandt kon ik geen telefonische afspraak maken eer ik het antwoord meende te weten. Om goed beslagen ten ijs te komen had ik een nieuw essay geschreven, waarin ik een groot aantal definities van filosofen en schrijvers verzameld had en er ten slotte zelf een aan toevoegde. Overmoedig had ik het: *Dit is literatuur* genoemd en ik hoopte dat hij het goed genoeg zou vinden om het te publiceren. Het zat in mijn tas. De uitnodiging van Brandt om met mij, op grond van iets wat ik geschreven had, van gedachten te wisselen, vervulde me met trots. Tijdens de twee uur durende treinreis had ik het gesprek dat wij zouden voeren eindeloos herhaald, mijzelf scherpe antwoorden horen geven, problemen op zien werpen, zijn werk kritisch door horen lichten en in hem een aandachtig luisteraar gevonden, wijzer dan ik, mijn boude verzinsels lankmoedig corrigerend, om me daarna te overladen met onbekende auteurs, titels en fascinerende ideeën.

In je eentje heb je gemakkelijk praten.

Als Brandt ergens geen zin in had, was het wel in het gesprek dat ik in mijn fantasie al met hem gevoerd had, dat zag ik zo. Hij wou het met mij helemaal niet hebben over taal, literatuur en filosofie, over waarom we *Madame Bovary* een roman noemen en *Ecce Homo* filosofie. Brandt wou het liefst zo snel mogelijk afzien van de macht en het aanzien die hij als schrijver bij mij verworven had en mij, in plaats van via de boeken, in levende lijve interesseren voor Brandt zelf.

Juist omdat ik op de valreep ontdekte met een priester van doen te hebben, had ik alles wat zich nu voordeed en waar ik normaal gesproken op bedacht zou zijn, uitgesloten. Ik had toch een gewijde stemming verwacht, een sfeer van kuisheid, ascese, aandacht en zelfverloochenende toewijding van iemand die in het diepst van zijn wezen altijd priester is gebleven, met of zonder God.

Het essay in mijn map maakte me halsstarrig en gaf me de moed voorlopig de komst van een onvermijdelijk verloop uit te stellen. Ik had me te veel verheugd op een feest van de geest om het zonder slag of stoot te laten ontaarden in het banale spel van de verleiding door de levensverhalen.

'Natuurlijk, natuurlijk,' zei Brandt beminnelijk, toen ik hem verzocht mijn geschreven antwoord op zijn vraag naar de aard van de literaire tekst even te lezen en erop te reageren. Ik boog me voorover om het essay uit mijn tas te halen en de passage op te slaan, waarin ik driest en overmoedig een definitie gaf van een literaire tekst.

'Waarom leest u het zelf niet even aan mij voor,' zei hij.

Ja, waarom niet.

'Hebt u Derrida gelezen?' vroeg hij, toen ik klaar was met voorlezen en, opeens blozend van verlegenheid, naar hem opkeek.

'Nee,' zei ik. Van Derrida had ik wel gehoord en ik had ook het een en ander over hem gelezen, maar ik was te vervuld van Foucault om mij op het werk van een andere, nog levende filosoof te storten en had het lezen van zijn boeken telkens uitgesteld.

'Vreemd,' zei hij, 'zeer vreemd. Wat u daar beweert over het wezen van de literatuur zou door Derrida geschreven kunnen zijn, al zal deze nooit het woord 'wezen' gebruiken. Ik kan bijna niet geloven dat u nooit een letter van de man gelezen hebt. Weet u het zeker?'

Ja, natuurlijk. Ik knikte. Hij moest maar doorgaan met praten, want ik vond het zenuwslopend. Als Derrida een goed filosoof was, maakte Brandt me nu een compliment en wilde ik dat horen. Toch zou het compliment mij alle plezier ontnemen, want dan was alles wat ik geschreven had ook door iemand anders beweerd, maar eerder.

'Om eerlijk te zijn,' ging Brandt verder, 'ben ik al sinds lange tijd niet meer zo geïnteresseerd in Foucault. Wat Derrida doet is duizend maal interessanter, spannender ook en van een, naar mijn mening, hoger filosofisch gehalte. In uw stuk gebruikt u Foucault om uw gedachten verder te ontwikkelen en zich van hem te verwijderen. U denkt dat u uitkomt bij Nietzsche, maar u komt uit bij Derrida. U moet hem lezen, werkelijk, u zult er versteld van staan hoeveel u herkent en terugvindt van waar het in uw definitie in feite ook om draait, een beter begrip van de schrijfdaad zelf. Alleen bent u een metafysica, om het zo maar even te zeggen. Van het schrijverschap maakt u iets heiligs. Het doet me denken aan een christelijke versie van de definitie van Plato, maar dan, godzijdank, enorm gebanaliseerd. Bij u is de auteur toch een beetje een afwezige God, een soort verborgen verleider, die zich in de wereld laat bemiddelen door het boek. Uw definitie stemt mij ook een beetje treurig. Niet alleen omdat ik zelf schrijver ben, maar ook omdat u mij, gezien uw definitie, beter niet in werkelijkheid had moeten ontmoeten en deze driehoeksverhouding tussen schrijver, boek en wereld puur geestelijk moest blijven. U zoekt nog hartstochtelijk naar het wezen van de dingen, merk ik, en u zoekt het buiten de wereld van de teksten. Voor mij is een wereld buiten de tekst ondenkbaar geworden.'

Clemens Brandt ging op het puntje van de bank zitten en sprak gloedvol over een papieren bestaan, een bestaan waarvan alleen het woord de mysterieuze verwekker was. Zo nu en dan stond hij op en haalde een boek uit de kast, las me er een gedeelte uit voor om dan, enthousiast geworden door het citaat, opnieuw op te staan en met haastige dribbelpassen andere boeken te voorschijn te halen. Door het reiken naar de planken was zijn hemd steeds verder uit zijn broek geschoten en hing nu als een verkreukte zakdoek over zijn broeksriem. Hij ging zo op in het verbinden van allerlei citaten en het uitzoeken van mooie omschrijvingen die, van Augustinus tot en met deze Derrida, onderling verwantschap hadden door hun liederlijke lofzang op de taal, dat hij zichzelf volkomen vergat en niet besefte dat hij er steeds warriger en jongensachtiger uit ging zien.

Pas toen een hele stapel boeken op tafel lag

en hij vermoeid achterover leunde, ontdekte hij de slip van zijn hemd en begon het omstandig terug in zijn broek te proppen. Hiervoor moest hij zijn rug tegen de leuning aandrukken en zijn onderlichaam iets omhoog tillen. Aan de manier waarop hij dat deed zag ik dat hij geen schaamte kende.

'Ik zie dat ik mij helemaal voor u uitgekleed heb,' lachte hij.

Ik was te dankbaar om niet terug te lachen. Hij had mij precies gegeven wat ik me had voorgesteld, een bezielde kennis van de meest uiteenlopende auteurs, andere omschrijvingen van wat een literaire tekst nu eigenlijk was, een blik op de bezetenheid en lust waarmee het lezen gepaard kan gaan en hoe de eenzaamheid van deze lust nog te delen was met iemand anders. Ik was die ander, nu.

Er zat een kwijlende, opgewekte, schaamteloze gnoom tegenover mij, maar ik bekeek hem met de blik van iemand die zonet getroost is. Clemens Brandt had mij iets duidelijk gemaakt over een mogelijke toekomst, over een eenzaamheid die voor mij in het verschiet lag en die draaglijk bleek, vruchtbaar, een soort geluk.

Dat zei ik hem, precies zo.

Hij schrok enigszins van de wending die het gesprek plotseling nam, van mijn onverwachte bereidwilligheid het alsnog over hem en over hoe het in het leven verder moest te hebben.

'Laten we ergens gaan lunchen, Em,' zei hij.

Clemens Brandt kon weinig verbergen. Als hij onthutst was, zag hij er ook zo uit.

Hij droeg een donkerblauwe houtje-touwtjejas. Hij liep rechts van mij. Als ik mijn gezicht naar hem toekeerde en hem van opzij zag, keek ik tegen de massale vleesklomp aan, die zijn bovenlichaam vormde. Hij liep met een verende pas, op zijn tenen. Het leek of zijn nek helemaal ontbrak en het hoofd als een dikke prop klei direct op een amorf bovenlichaam was neergezet.

Hij had zijn handen in zijn jaszakken gestoken. Ik ook. Ik voelde me groter dan hij, terwijl ik het niet was. Hij was groter.

Passanten namen ons met onverholen blikken op. Door de manier waarop zij keken zag ik hoe ze ons moesten zien, hij en ik, naast elkaar. Ik moest denken aan *Beauty and the Beast*, terwijl ik nog nooit een film heb gezien die zo heet, of een boek las met die titel. Je haalt het ergens vandaan en weet niet van waar.

We kwamen over een brug. Uit de tegenovergestelde richting kwam een jong stel, arm in arm, allebei mooi genoeg om kracht te ontlenen aan hun uiterlijk. Het meisje grinnikte in het voorbijgaan te hard en te opvallend. Ze fluisterde de jongen iets toe en ze lachten.

Toen stak ik mijn arm door de arm van Clemens Brandt.

We keken elkaar niet aan.

Bij lunch denk ik aan broodje kaas, maar Clemens Brandt nam me mee naar een restaurant, waar een ober in jacquet hem bij naam begroette, onze jassen aannam en beleefd informeerde of de professor aan zijn eigen tafel plaats wenste te nemen.

Buiten was het helder en licht geweest, maar in het restaurant was iedere herinnering aan het uur van de dag buitengesloten. De ober begeleidde ons naar een tafel in een hoek en ontstak een kaars. De onderdompeling in de tijdloosheid maakte me kalm en tevreden. Er kon weer eens gebeuren wat wil. Ik had de neiging onderuit te zakken en mijn ogen te sluiten, zoals ik vaak doe als ik in de duisternis naast iemand in de auto zit. Want dan heb ik het onherroepelijk, dit lome gevoel van geluk en ontspanning, het gevoel ontrukt te zijn aan de tijd en daarom onverschillig jegens het uur van mijn dood en krachtig bereid ter plekke te sterven, als het moet.

'Bevalt het je hier?' vraagt hij.

'Ja, zeer,' zeg ik en betreur het dat mijn bereidwilligheid gepaard moet gaan met het verwisselen van het persoonlijk voornaamwoord.

'Het leven is mooi,' verzucht Brandt. 'Ik ben blij dat ik je teruggeschreven heb en dat je nu hier bent. Het is toch een onverwachte ontmoeting, vind je niet?'

Ja, dat vind ik ook.

Hij eet er vrijwel dagelijks, meestal alleen, een enkele keer met een student en altijd tussen een en drie uur in de middag. 's Ochtends eet hij havermoutpap, 's avonds een kop soep. Drie maal daags een warme maaltijd is een overblijfsel uit het klooster, een van de weinige.

'Afgezien van dit dan,' zei hij, terwijl hij met zijn hand over zijn tonsuur wreef en daarna een naar voren gevallen haarsliert achter zijn oor duwde, 'maar dat is een restant van een andere orde, minder vrijwillig.'

Omdat ik ernaar vraag vertelt hij hoe het gaat, intreden in een klooster, het aantrekken van een pij, het kaalscheren van de kruin.

'Op de keper beschouwd is het een vorm van verminking,' zegt hij, 'het brandmerken van een kuddedier, zodat een onuitwisbaar spoor achterblijft waaraan iedereen kan aflezen aan wie of wat je toebehoort. In dienst van het heilige staan betekent apart gezet worden, van de gemeenschap van de mensen afgescheiden worden. Daar moest ik ook aan denken toen jij uit jouw stuk voorlas. Als je in het klooster treedt is het de bedoeling alle banden, waarmee je aan je vroegere leven gehecht bent, door te snijden. Je wordt volkomen afgezonderd, krijgt een nieuwe naam, nieuwe kleren, leert een andere taal, eet ander voedsel en je ringeloort het lichaam. Je doodt je oude persoonlijkheid om als nieuw mens te herrijzen. Het is allemaal zeer heidens, hoor, wat archaïsche initiatieriten met een vaste opeenvolging van stadia.'

'Had je een roeping?' vraag ik snel, uit angst dat hij zijn verhaal gaat ondermijnen en beëindigen.

'Toen dacht ik van wel,' antwoordt hij bedachtzaam, 'toen wel. Later ben ik psychologie gaan studeren en nu geloof ik eerder gehoor te hebben gegeven aan de roep van mijn eigen moeder. Ik moet gevoeld hebben dat het haar vurigste wens was een heilig kind te hebben. En dat kind wou ik wel voor haar worden, ja. Voor Haar, niet voor Hem. Vind je het vreemd?'

Ik niet. Ik schud mijn hoofd en glimlach hem toe, als aanmoediging om door te gaan.

'Ik herinner me nog zeer levendig de fantasie over hoe ik persoonlijk het verhaal van de zondeval teniet zou gaan doen, hoe ik de tijd terug zou draaien en het verhaal definitief de wereld uit zou helpen. Met God had ik vreselijk te doen, meende ik. God had het zo goed met ons voor gehad. Hij had het paradijs keurig voor ons ingericht, alles het beste van het beste, nergens op bespaard. Onze levens waren beschermd, veilig, zeker. Er hoefde geen onvertogen woord te vallen tussen de mensen, geen pijn geleden te worden, niets stond ons te wachten waar we bang voor hoefden te zijn. We hoefden nergens door opgejaagd te worden en we hoefden nooit te twijfelen, omdat we gewoon de door God uitgestippelde wegen konden bewandelen en de dingen deden zoals ze door Hem bedoeld waren en Hij bedoelde het goed.

En dan laat Eva zich verleiden door de duivel en eet van die boom van de kennis. Gruwelijk! Ik stelde me helemaal voor hoe God het onder Zijn eigen ogen zag gebeuren en er machteloos op toe moest zien hoe Zijn schepsels zich in de leegte en de verdoemenis stortten. Het was een onverdraaglijke gedachte, maar nu verdenk ik mijzelf er eerder van heimelijk van deze fantasie genoten te hebben. Het verhaal van de zondeval kon ik mij niet vaak genoeg voor de geest halen. Als ik dan bij de scène belandde waar Eva staat te aarzelen bij de boom, kon ik het wel uitschreeuwen van angst: "Doe het niet! Doe het alsjeblieft niet!" Maar ze deed het wel. Ze deed het iedere keer weer. En die arme God moest het ook iedere keer weer mee aanzien, dan was ik tot tranen toe geroerd.'

Hij keek op. Het verhaal heeft hem melancholiek gestemd.

Mij ook.

'Het vreemde was, ik had geen greep op die fantasie. Elke poging om in te grijpen, het verloop om te buigen en een prachtige heldenrol op me te nemen, door de slang met blote handen te wurgen of op een drafje naar God toe te rennen om Hem bijtijds te waarschuwen, veroorzaakte enkel een gevoel van verlamming.

Ik kon niets doen aan mijn fantasie. Ik moest het verhaal steeds hetzelfde laten verlopen.'

'Je stond er niet buiten. Jij zit er zelf in.'

'Ja,' zegt hij, 'maar in wie?'

Hij tast gespannen mijn gezicht af. Hij is bang voor wat ik ga zeggen, voor een overeenstemming tussen het antwoord dat hij zichzelf iedere keer geeft en het mijne. Ik ken het antwoord, maar ik kan het hem niet geven, het is mij te zwaar.

'God of de duivel,' zeg ik zo luchtig mogelijk, 'het is mij egaal.'

Dan zet de ober twee dampende borden voor onze neus.

Clemens Brandt hangt voorovergebogen boven zijn in plakjes gesneden speenvarken en propt de eerste happen met een grote snelheid naar binnen, te veel ineens. Zijn ellebogen staan naar buiten gekeerd, uitgestrekt als twee gekortwiekte vleugels. Zijn hoofd ligt verzonken tussen zijn schouders en ergens achter zijn oor duikt de contour van zijn bochel op. Zonder de vork neer te leggen en zijn van het vet glanzende lippen af te vegen aan het damasten servet, grijpt hij vanuit dezelfde houding naar zijn glas wijn en spoelt met ferme slokken het eten door. Hij slaat alleen af en toe zijn ogen op om naar het lamsboutje op mijn bord te kijken.

Ik sla hem met groeiende verbazing gade. Hij waant zich volkomen ongezien. Het is domheid of onschuld en ik ga heen en weer tussen afkeer en ontroering. Ik probeer me te herinneren hoe nerveus en opgewonden ik was voordat ik hem leerde kennen, wat de naam Clemens Brandt in mij opriep, voordat ik hier tegenover hem zat. Daar wordt de dag weer wat onwerkelijker van en de mengeling tussen afkeer, nieuwsgierigheid en medelijden reëler.

Mijn maag reageert verschrikt op het ongewone uur waarop ze de spijzen van de avond te verwerken krijgt. Ik eet langzaam. Ik ben bang voor opborrelende rommelgeluiden. Omdat Clemens zwijgt, vertel ik hem hoe ik als kind op een dag naar de pastoor stapte en hem vroeg hoe ik priester kon worden. Terwijl ik vertel kijk ik naar hem, naar zijn bewegende kaken, zijn lippen, zijn handen, zijn gezicht. Het verhaal raakt hem niet en daarom maak ik het nog bonter dan het was. Zijn gezicht vertoont geen enkele reactie. Ontmoedigd door zijn onwilligheid maak ik er snel een einde aan, bang hem nog langer te vervelen.

Als Clemens Brandt achterover leunt en omstandig met zijn handen over zijn peervormige buik wrijft, heb ik nog nauwelijks iets gegeten van de lamsbout. Zijn ogen dwalen steeds weer naar het rechte bot met het malse vlees. Ik voel me opeens opgelaten en verwacht ieder ogenblik zijn hand dwars over de tafel te zien schieten om de bout van mijn bord te grissen en er ostentatief aan te gaan zitten kluiven.

Hij houdt zich in.

'Waarom interesseert het je zo?' vraagt hij als ik mijn vork en mes neergelegd heb.

'Wat?'

'Priesters, God, de inwijding, dat,' zegt hij.

Vragen van anderen brengen mij meestal in verlegenheid. Ze klinken alsof ik ze mijzelf nooit heb gesteld en naarmate ze me onbekender voorkomen, krijgen ze meer gewicht. Er moet toch een reden voor zijn waarom je jezelf de vragen die je bij iemand anders oproept, nooit stelde? Is er iets dat je voor jezelf geheim houdt, een verborgen kwaad, een ongewenste karaktertrek, een onbekend domein in jezelf, waarvan de ander, degene die de vraag stelt, een vermoeden heeft gekregen? Ik hou er wel van, maar neem ze het liefst mee naar huis, naar de plaats waar ik alleen ben en pas werkelijk over een antwoord kan nadenken. Het antwoord wat ik ter plekke geef is provisorisch, onvolledig, een eerste gissing.

'Ik weet het niet goed,' zeg ik. 'Misschien omdat het zoiets absoluuts is, priester worden. Het is ten slotte geen gewoon beroep waarmee je in je dagelijkse leven je brood verdient en waar je nog een ander leven, in je vrije tijd, naast leidt. Het omvat toch je hele leven, denk ik. Je leven valt samen met je werk, met wat je geworden bent, bedoel ik. Ik kan het niet goed uitdrukken. Het is in mijn ogen de absolute toewijding, iets allesomvattends en daardoor ook wel hoogstaand, ja. Hetzelfde geldt voor het kunstenaarschap, denk ik. Het is ermee te vergelijken. Dat is ook een keuze voor een vorm van leven.'

'En wat ben ik dan in jouw ogen,' vraagt hij, 'een kunstenaar of een priester?'

'De priester,' zeg ik onmiddellijk, al weet ik dat ik hem daarmee teleurstel. 'Voor mij ben jij de priester, ik weet niet waarom, want je lijkt op geen priester die ik ken en bovendien strookt het beeld dat ik van een priester had, op geen enkele wijze met hoe ik jou nu heb leren kennen. En toch ben jij de priester.'

Mijn antwoord heeft de mismoedigheid niet van zijn gezicht kunnen vagen, daarom voeg ik er aan toe dat hij veel zinnelijker is, aardser, normaler, een genieter.

Hij glimlacht.

'Misschien heb je wel gelijk,' zegt hij zacht, 'maar ik voel me geen priester meer. Het ligt allemaal al zo ver achter mij. Het is voor het eerst sinds jaren dat ik er weer met iemand over praat. Je prikkelt me om erover te praten, over priesterschap, God. Ik weet niet waarom ik er uit mezelf nooit meer toe kom er zelfs maar over na te denken of mij die tijd te herinneren. Eigenlijk doe ik nog steeds hetzelfde, misschien daarom. Priester zijn is toch een soort cultusbevoegdheid en net als het klooster of de kerk, is de universiteit een cultusgemeenschap, met rituelen, inwijdingen, beproevingen, met meesters en leerlingen. Ik oefen nog steeds de woorddienst uit.'

'Vind je het onprettig erover te praten?'

'Nee, nee,' zegt hij geruststellend, 'het levert me alleen wat verwarde gevoelens op. Aan de ene kant is het zeer plezierig en heb ik het gevoel met jou over iets wezenlijks te praten, maar aan de andere kant bekruipt mij ook het onaangename gevoel jou een beetje te bedriegen, door te spreken over iets waarvan ik niet langer overtuigd ben en misschien ook nooit ben geweest, trouwens. God, God lijkt een theorie die ik vroeger aangehangen en later als onvruchtbaar verworpen heb. God is voor mij al zo lang door andere woorden met een hoofdletter van Zijn plaats verdrongen. Ik wantrouw mezelf als ik erover praat. Ik geloof dat ik Zijn naam alleen maar gebruik om jou met mijn verhaal te boeien.'

Zijn stem klinkt als die van een veroordeelde, die schuld bekent en aan de ander vraagt of hij nog meer berouw moet tonen. Het valt me weer op dat zijn ogen soms niet meewerken aan de klank van zijn stem. Meestal staan ze zoals nu, polsend, uitdagend, recalcitrant.

Ik vertrouw nog op de stem.

Ik buig me voorover en leg even een hand op de zijne.

'Trek het je niet aan,' zeg ik, 'daar zijn verhalen toch voor bestemd.'

'Waarvoor?'

'Om te boeien.'

Het is bij vijven als hij me naar het station begeleidt. Ik leun zwaar op zijn arm, omdat ik aangeschoten ben door de wijn. Buiten het restaurant heeft de wereld opeens te veel werkelijkheid om zo door mij gezien te willen worden. Ik knijp mijn ogen halfdicht en laat me leiden als een blinde.

Op dinsdag ligt er een kunstzinnige kaart. Het handschrift is minuscuul, maar goed leesbaar. Wat er staat verbaast mij niet. De daaropvolgende dag bezorgt de post in alle vroegte een pakket boeken van Jacques Derrida. Er zit een brief bij.

Terugschrijven kost me uren. Eigenlijk zouden we het hierbij moeten laten. Voor alles wat er staat te gebeuren voel ik een onbestemde angst en ik durf er geen verklaring voor te zoeken. Keer op keer lees ik zijn brief over. Steeds aan jou gedacht, diepe indruk, beetje in de war, volgende week naar Amerika, maand weg, voor die tijd ontmoeten, weekend, samen praten, eten, overnachten mogelijk?

Het is toch Clemens Brandt. Hij vertrouwt me, hij weet veel, het is een eer iets voor hem te kunnen betekenen.

Ten slotte schrijf ik terug dat veel van wat hij zei door mijn hoofd blijft spoken, zijn verhalen over het klooster en het priesterschap me inspireren bij het schrijven van mijn doctoraalscriptie en mij ook iets duidelijk lijken te maken over mijn eigen leven, al weet ik nog niet precies hoe en wat, dat ik hem natuurlijk ook weer graag wil zien en we het dan daarover kunnen hebben, ik blij ben met de boeken, bedankt, hij welkom is in Amsterdam en overnachten geen probleem.

Ik heb het toch zelf in de hand, of niet soms?

Als Clemens Brandt op zaterdagmiddag met een stralend gezicht mijn kamer binnenstapt, me onhandig een grote bos bloemen toesteekt en een klungelige, natte zoen op mijn wang drukt, heb ik alles in de hand behalve mijzelf.

Hij draagt een spiksplinternieuw, licht kostuum, te frivool voor de tijd van het jaar, te flets bij zijn huidskleur en zo dun dat zijn bochel eens zo groot lijkt. Hij heeft het speciaal voor vandaag gekocht. Hij voelt zich een ander mens, uitgelaten, gelukkig, jong.

Het doet me pijn. Ik ga te ver. Zelfs zijn ogen staan wat waterig vandaag. Arme gnoom, idioot verlangen.

'Vind je het mooi?' vraagt hij, zonder aan mijn antwoord te twijfelen.

'Ja,' zeg ik, 'ik vind het een mooi pak, Clemens.'

'Staat het goed?'

'Perfect.'

'Hoe gaat het? Je kijkt nogal gespannen.'

Ben ik ook. Met spijt en wroeging zie ik zijn gezicht betrekken, zijn opwinding slinken, de dromen van de afgelopen dagen, de waanzin van de aankoop van het kostuum, het eenzame genot bij het verzenden van de post, de puberale spanning tijdens de rit van Groningen naar Amsterdam, uit zijn ogen verdwijnen. Om het moment voor te zijn waarop het verlies van een ingebeelde liefde totaal is en hij, volkomen ontnuchterd, zichzelf moet aantreffen in een bouwvallig huis in Amsterdam, verkleed als een circusaap, als een dwaas met belachelijke hersenspinsels, zeg ik gehaast dat het komt door het ongewone van onze kennismaking, om zo snel met iemand zo vertrouwd te zijn.

Dat ik hem graag mag, zeg ik.

Dat ik bang ben hem teleur te zullen stellen.

Dat ik bang ben hem pijn te zullen doen.

Dat ik hem vertrouw.

Dat het wel over gaat, zo, nu hij eenmaal hier is.

Ik ratel mij de tranen in de ogen.

'Emmeke toch,' zegt hij en komt dicht bij me staan. 'Je bent erg lief. Je hoeft niet bang te zijn. Het is goed zo, er wordt niets van je verwacht.'

'Meen je dat?'

'Uit de grond van mijn hart,' zegt hij. 'Als je wilt ontvangen wat ik te geven heb, maak je mij volkomen gelukkig.'

Het zijn bevrijdende woorden, ze luchten me op. Uit dankbaarheid leg ik even mijn hoofd op zijn schouder.

Dat hij zijn wanen maar op mij botviert.

Bij het vallen van de avond liepen we naar het Bickerseiland. Clemens had een tafel gereserveerd bij de Gouden Reael en speciaal verzocht om een plek bij het raam, zei hij, zodat we over het IJ konden staren. Het was de laatste dag van maart en nog te kil om 's avonds zonder overjas buiten te lopen, maar Clemens beweerde het absoluut niet koud te vinden en liet zijn jas in de auto achter. Hij had zijn arm in de mijne gehaakt en hipte naast me als een grote, witte duif die de veren rond zijn nek met lucht heeft opgeblazen en zijn kop in het dons heeft laten verzinken. Ik merkte dat hij zo nu en dan zijn hoofd naar mij toedraaide, maar ik keek niet terug. We hadden al veel gepraat en het was de tijd om te zwijgen. Ik dacht erover na of het klopte wat hij tegen mij had gezegd, dat ik een ouderwetse platonist was en nog hardnekkig geloofde in het ware, in iets echts buiten het onechte en dat ik daar naar op zoek was.

'Voor woorden als ziel, waarheid, het wezen, goed en kwaad, draai jij je hand niet om,' had hij gezegd. En dat is waar.

Ik heb het over de ziel, de zonde, het goede en God alsof het niks is. Nog steeds, ook al staan ze niet meer voor wat ze ooit voorstelden, de ziel als een zeiltje, ergens in de buurt van het hart, waar een vieze vlek op komt zodra je liegt, bedriegt, vloekt, vit, steelt of er alleen over fantaseert dit alles te doen. Het wordt weer schoon als je de zonden eerlijk opbiecht aan de pastoor, want hij heeft iets wat jij niet hebt, een rechtstreekse verbinding met de grote, grijze man in de hemel.

Mijn beeld van de ziel wijzigde zich enigszins toen er een nieuw speelgoed op de markt kwam, een schrijfbord met een schuifmechaniek. Met een puntige pen zonder inkt schreef je iets op het plastic vlak en als je dan aan de schuif trok werden de woorden uitgewist. Zoiets was de ziel ook, dacht ik. Als de pastoor erom vroeg trok God aan het schuifje van mijn ziel en wiste mijn woordelijke zonden (17x gelogen tegen nagenoeg iedereen, vit dagelijks op broers, 1 x diefstal kauwgom bij De Spar, veins spijt na straf juffrouw) uit.

Op een dag was de ziel geen ding, de zonde geen uitwisbaar woord en God geen man meer. Zonder er nog een voorstelling bij te hebben ben ik blijven hechten aan de woorden zelf. Het zijn de koppige metaforen uit de allereerste verhalen die mij ter ore kwamen. Ze vormen de topografie van mijn oerverhaal, waarin de grote vragen over het leven en de dood toevallig deze vorm hadden gekregen en geen andere.

Ik schuw ze niet.

Ik zie er de zin niet van in ze te vervangen

door andere woorden die toch op hetzelfde neerkomen.

'Alles is toch een groteske, theatrale voorstelling,' had Clemens met een diepe, maar voldane zucht gezegd. Zucht of geen zucht, Brandt of geen Brandt, ik vond het een filosofie van niks. In mijn hoofd bereidde ik me erop voor hem op doeltreffende wijze, rustig maar nietsontziend, het onomstotelijke bewijs van de onbenulligheid van deze gedachte te leveren.

'*Alles* is een leeg woord, want er is niets mee gezegd. Het gebruik ervan getuigt van een zekere domheid. Het verdoezelt onze onwetendheid over waarom we hier zijn en wat ons te doen staat met het leven. Jij noemt mij een ouderwetse platonist, omdat ik naar de ziel haak, maar jouw idee stamt nog van ver voor Plato. Met jouw "Alles is theater" mag je je bij Heraclitus en consorten scharen, voor wie de zaak ook afgedaan was toen ze bedachten dat alles water, vuur of lucht was. Niets kunnen onderscheiden is het...'

Ik werd opgeschrikt uit mijn overpeinzingen toen iemand luidkeels 'Theresa' als een scherf over het water liet scheren.

Daniël stond op een van de aanlegsteigers aan de kade. Hij liep op ons toe en ik werd me opeens pijnlijk bewust van de man aan mijn arm. Dat werd ruimschoots vergoed door de verbaasde blik van Daniël, toen ik hen aan elkaar voorstelde en weer die aangename gewaarwording had van de elkaar kruisende namen van Clemens Brandt, waarvan er één bij de lelijke bochelaar hoorde en één op de kaft van een boek.

Op Daniëls vraag of hij de schrijver was, reageerde Clemens nurks, helemaal niet op de vriendelijke toon die ik van hem gewend was. Het maakte de belangstelling die hij voor mij had opeens weer bijzonder. Ik kende de onbesuisde spreeklust van Daniël Daalmeyer, maar omdat ik het gevoel had hem in bescherming te moeten nemen tegen de afwerende houding van Clemens, informeerde ik naar de reden van zijn afwezigheid op de universiteit.

'Ik schrijf een boek,' zei Daniël tot mijn schrik. Hij keerde zich helemaal naar mij toe en herinnerde me met radde tong aan de vergelijking die hij destijds maakte tussen Hegels list van het leven en de biografie van een zieke.

'Het kwam toen ineens in me op en daar gaat mijn boek nu over. Ik ben er direct aan begonnen. Het wordt geniaal, een mengeling tussen autobiografie, filosofie en een medische verhandeling. Eigenlijk sta je aan de wieg van een meesterwerk,' zei hij grinnikend.

Mijn arm is een goede geleider voor de groeiende onrust van Clemens. Als ik vanuit mijn ooghoek zie hoe hij zijn vrije hand optilt en omstandig zijn kruin krabt, geef ik Daniël te kennen hem gauw eens te bellen en wens hem succes toe met het schrijven.

'Wie was dat nou?' vraagt Clemens als we verder lopen.

'De epilepticus,' zeg ik.

'Dat jij ook zo onmogelijk kunt zijn,' zei ik met onverhulde bewondering tegen Clemens, terwijl ik opkeek na inderdaad vanachter het raam over het IJ gestaard te hebben.

'Was ik echt onmogelijk? Zo ben ik gewoon te doen, nogal onverschillig, denk ik. Ik heb er ook een leven lang voor nodig gehad om het gevoel te krijgen niemand meer nodig te hebben. Daarom ben jij ook zo gevaarlijk voor me,' voegde hij eraan toe.

Blijkbaar keek ik behoorlijk angstig, want hij probeerde daarna iedere dreiging weg te nemen.

'Je komt als een geschenk uit de hemel, hoor, echt waar, en ik geniet zoals ik in geen tijden genoten heb, zelfs van mijn eigen verwarring. Misschien kun je ook pas werkelijk voor mensen open staan als je er eenmaal in berust te zijn die je bent, met al je eigenaardigheden. Ik heb geleerd alleen te begeren wat van mijn eigen handelen afhankelijk is, waar ik zelf greep op heb en wat ik niet van buiten of van boven of van wie of wat dan ook hoef te ontvangen. Het is een kwestie van het scherp scheiden van twee werelden, de wereld van de droom en die van de werkelijkheid, van de dag en de nacht, van privé en openbaar, zo je wilt.

Nu ik jou heb leren kennen, wordt er toch een soort bres geslagen in mijn keurig opgeworpen scheidingswand en dan lopen de zaken weer wat door elkaar heen. Is niet erg hoor.'

Clemens had me op een ernstige, lankmoedige toon toegesproken, maar slaagde er niet in mijn onrust weg te nemen. We kregen een menukaart aangereikt. Het lezen en kiezen werd me bemoeilijkt door een raar voorgevoel, het vermoeden dat Clemens me een geheim wilde vertellen, waarop hij zich had voorbereid en dat hij kwijt moest, voordat hij naar Amerika zou vertrekken. Hij was moed aan het verzamelen. Het onthullen van het geheim was een poging vrij baan te maken voor ons en ik piekerde erover of ik mijn eigen gemoedsrust veilig moest stellen door zijn fantasieën over ons bij te sturen, of toe moest geven aan zijn verlangen uit de verborgenheid te komen en daarmee ook aan mijn trots door hem in vertrouwen genomen te worden.

We bestelden uitgebreid.

Over de nacht hoefde ik mij voorlopig geen kopzorg te maken.

'Ik begrijp het niet, wat je zegt. Jij leeft toch behoorlijk openbaar. Hoe ziet jouw leven van de nacht er dan uit?' Ik probeer te kijken als iemand die voor geen enkel antwoord op de vlucht slaat, niets menselijks is mij vreemd, alles al eens meegemaakt, iedere gek zijn gebrek, zal je nergens om afvallen, die blik.

'Ik weet niet of ik er wel over wil praten,' zegt Clemens aarzelend. Hij peilt mijn blik, maar slaat weer onmiddellijk zijn ogen neer.

'Vrouwen,' zeg ik.

'Prostituées,' zegt hij.

Achteraf zou ik zeggen dat het niet door het woord kwam, noch door zijn stem, maar dat het kwam door zijn ogen, dat ik verkil en mijn middenrif zich samentrekt, spant. Hij keek niet bedeesd, besmuikt, verlegen, hij keek verlekkerd. Maar hij keek niet verlekkerd bij de gedacht aan hoeren, hij keek naar mij. Mijn reactie was zijn lust.

Ik zag het als een uitdaging. (Fout)

Ik vroeg door. (Fout)

'Hoeren?' zeg ik, als de ober de zwezerik voor mij neerzet.

'Geen gewone,' zegt Clemens, als de ober zich verwijderd heeft.

Dan krijgt hij de reactie waarop hij wacht, want ik weet het niet meer. Ik weet dan nog niks van perversiteiten. Clemens registreert nauwkeurig mijn plotselinge angst. Het stemt hem mild en voorzichtig.

'Smaakt het, Em?'

'Ja, heerlijk.'

'Mag ik een hapje proeven?'

'Natuurlijk. Nee, wacht. Ik snij zelf wel een stukje voor je af.'

Ze komen een keer per maand bij hem thuis. De dame Justine bemiddelt voor hem. Ze zoekt ze voor hem uit. Hij weet ook wel dat ze zo niet heet, maar hij denkt vaak aan Justine. Hij heeft haar nooit gezien, kent haar alleen van de telefoongesprekken en hij heeft zich aan haar gehecht. Hij denkt dat ze met liefde de meisjes voor hem uitzoekt. Hij betrapt zich er wel eens op aan haar te denken, wanneer hij met een van de vrouwen is.

Ze heeft alleen speciale vrouwen. Speciale vrouwen nemen een koffer mee. Er is heel wat voor nodig, anders gaat het niet.

Ze boeien hem, hangen hem op, binden hem vast, slaan hem, scheuren hem uiteen.

'Het is verschrikkelijk,' zegt hij. Als hij het wijnglas naar zijn mond brengt, trilt zijn hand. Hij neemt een slok, verslikt zich en krijgt een geweldige hoestbui. Blaffend excuseert hij zich, staat op en loopt naar de wc. Hij struikelt, maar weet zich staande te houden.

Ik kijk hem na, maar ik ben er niet meer.

Als ik het hemd uit zijn broek trek kreunt hij.

'Nee, oh nee.'

Ik knoop het overhemd langzaam open. Hij legt zijn handen op mijn heupen, maar ik haal ze weg.

'Nee Clemens. Raak me niet aan.'

Ik wil ook geen zoenen.

Ik neem de bril van zijn neus, trek het overhemd langs zijn armen omlaag en schuif zijn onderhemd over zijn hoofd. Hij heeft veel grote moedervlekken op zijn borst, wratten haast, met haartjes. Alleen de huid rondom zijn bochel is gaaf. Die streel ik. Ik zoen zijn tepels. Hij kreunt.

Ik kniel voor hem neer en gesp de veters van zijn schoenen los, zet hem neer op de rand van het bed en trek zijn schoenen uit, daarna zijn sokken. Een voor een neem ik zijn voeten in mijn handen, wrijf over de wreef, kneed de zolen, ga met mijn tong tussen zijn tenen, lik zijn voeten schoon.

Hij legt een hand op mijn hoofd. Die haal ik weg en leg hem terug in zijn schoot.

Nog steeds geknield maak ik zijn broekriem los en haal zijn broek en onderbroek tegelijk naar beneden. Hij zit ineengedoken op de rand van het bed en volgt al mijn bewegingen. Als ik opsta en mij vooroverbuig om de lakens terug te slaan, hoor ik hem zacht snikken. Ik kijk hem aan.

'Dit is de gelukkigste dag van mijn leven,' zegt hij.

Ik zeg niks. Ik neem hem bij zijn schouders, kantel hem neer en sla de lakens over hem heen.

Ik tref mijzelf pas weer aan als ik, zonder merkbare aanleiding, midden in de nacht wakker word. Ik lig op mijn rug en staar naar het plafond. Het is zondag.

Ik concentreer me op het schurende geluid van zijn ademhaling, stel mij daarbij nauwgezet een luchtpijp voor, een slijmprop erin, die omhoog gestuwd wordt wanneer hij uitademt, het net niet redt, krassend langs de wanden van zijn luchtpijp naar beneden glijdt, neerploft, weer omhoog, neerkomt.

Het baat niet.

Ik ben volkomen onbereikbaar, behalve voor de walging.

Verantwoording

'De priester' is een hoofdstuk uit de roman *De wetten* waarmee Connie Palmen debuteerde in 1991, en waarmee zij meteen een groot publiek aan zich wist te binden. Het boek werd bekroond met de literaire prijs Het Gouden Ezelsoor voor het bestverkochte debuut.